Serie Misterio en Español

El Hospital Regional

Santiago Fierro Escalante

Copyright © 2016 Santiago Fierro Escalante
Córdoba, Argentina
All rights reserved.

Fotografías de Portada: Unplugged (North Wales Hospital), y Kamil Porembinski (nubes)

Todos los derechos reservados. Ninguna parte de este libro puede ser reproducida por cualquier medio (incluido electrónico, mecánico u otro, como ser fotocopia, grabación o cualquier sistema de almacenamiento o reproducción de información) sin el permiso escrito del autor, a excepción de porciones breves citadas con fines de revisión.

CATEGORÍA: Terror/Misterio/Suspenso

Impreso en los Estados Unidos de América

ISBN-13:
EISBN:

I

La familia Rodríguez regresaba de unas merecidas vacaciones en el lago. Se trataba de María y Antonio, una joven pareja que viajaba hacia su casa con sus dos pequeños.

Los niños, Carolina y Matías, agotados por el viaje, descansaban en el asiento trasero del automóvil, dormidos. El azul del océano les daba una cálida despedida.

La familia era divertida y su madre, María, adoraba a los niños. La tarde transcurrió entre canciones, anécdotas que el padre contaba de su niñez y otros juegos de entretenimiento. Más tarde llegó el momento del refrigerio con sándwiches y gaseosas que reconfortaron a todos. Para cuando llegó la noche, el vehículo de los Rodríguez se destacaba en aquel desolado paisaje. Cada pocos kilómetros podía verse a lo lejos la luz de alguna casucha perdida en el medio de la nada.

Horas antes el padre había cargado combustible y se había asegurado de que el automóvil tuviera la cantidad de agua y aceite necesarios para continuar tranquilamente su camino. Los niños se habían dormido nuevamente y el matrimonio conversaba en voz baja cuando, sin previo aviso, el coche se detuvo en el medio de la ruta.

María y Antonio se miraron en silencio, un tanto sorprendidos. Eran casi las once de la noche y, según los cálculos de Antonio, el pueblo más cercano estaba a unos 20 kilómetros de distancia.

A pesar de que el hombre poseía vagos conocimientos sobre mecánica automotriz, bajó del coche linterna en mano e intentó solucionar el inconveniente. Sin embargo, todos sus esfuerzos fueron en vano. Luego de poco más de una hora de frustrados intentos, Antonio finalmente se dio por vencido. Le desagradaba la idea de pasar el resto de la noche en la ruta con los niños, ya que consideraba que podía ser peligroso permanecer en aquel lugar tan poco transitado.

—Antes que el coche se detuviera vi una cabaña. Debe estar a unos 100 metros— dijo María, mientras se bajaba del coche señalando con su dedo índice una pequeña casa de madera que se perdía entre los árboles y la oscuridad.

—Bien. Empujemos el coche hasta allí. Quizás se apiaden de nosotros y nos den una mano— dijo Antonio, intentando ser optimista.

Marido y mujer empujaron el coche hasta la puerta de aquella casa. Desde la ventana podían ver algo de luz en el interior, de modo que Antonio se dirigió hacia la puerta y golpeó suavemente, esperando ser atendido.

El hombre aguardó unos minutos pero nadie abrió. Antonio se aproximó a la ventana donde se filtraba la luz y vio siluetas de personas que se movían, lo que le llevó a suponer que quizás no habían oído su llamado.

Antonio golpeó con más fuerza e insistencia que la primera vez, y luego de esperar brevemente que alguien le respondiera, escuchó tras la puerta una voz.

—¿Quién es?— dijo la voz entrecortada de una anciana.

—Disculpe la molestia, señora. Soy Antonio Rodríguez, estoy volviendo de vacaciones con mi mujer y mis dos hijos, y se me rompió el coche a unos metros de su casa. La verdad es que el pueblo más cerca está bastante lejos y me preguntaba si usted me dejaría llamar por teléfono a un mecánico o a una grúa para que nos recoja.

Antonio escuchó que la anciana suspiraba y luego de unos instantes respondió secamente:

—No tenemos teléfono aquí. Deberá caminar hasta el pueblo a buscar una grúa. Su mujer y sus hijos pueden pasar la noche aquí, si es que sale de inmediato. Dudo que usted regrese hasta entrada la mañana.

A decir verdad Antonio no tenía demasiadas opciones. Debería caminar hasta el pueblo más cercano y buscar algún mecánico que lo llevara con una grúa a aquel lugar donde se encontraba. No lo seducía la idea de dejar a su familia en ese paraje solitario y aquella anciana, a pesar de que no sabía por qué, le resultaba muy extraña.

La mujer lo observó profundamente, clavando su mirada fijamente en él.

—Muchas gracias, señora. Voy a buscar a mi mujer y a mis hijos, y regreso de inmediato.

Minutos después Antonio, María y sus dos hijos estaban en la puerta de la extraña casa. Antonio volvió a golpear suavemente para anunciarse que ya se encontraban allí, y la puerta se abrió de inmediato, entrando ellos a la casa.

Los recibió la anciana cuya voz habían escuchado detrás la puerta. La longeva abrió la puerta para que María y sus hijos pudieran pasar. Era una mujer de poco más de 70 años, cabellos canos, extremadamente delgada, de aspecto un tanto demacrado. La mujer vestía de negro, como si se encontrara de luto. Antonio veía a la mujer con un poco de desconfianza, sin embargo pensó que siempre la gente de pueblo le había parecido un tanto diferente. Dio por sentado que se trataba de una vieja ermitaña quien desde hacía tiempo no trataba con personas, de allí la razón de su tosca conversación.

El hombre besó a su mujer y a sus dos hijos. Acto seguido se despidió, prometiendo volver cuanto antes con una grúa. Ya era más de la una de la mañana. Los niños tenían sueño, frío y aquella esquelética mujer les daba un poco de terror.

Si bien vista desde afuera la casa parecía un poco precaria, en su interior se trataba de un lugar muy agradable. Una serie de cuadros antiguos e innumerables objetos atemporales sobrepoblaban los estantes.

La anciana, sin decir palabra alguna, condujo a María y a los pequeños por un pasillo iluminado con unos antiguos faroles hasta llegar a otra habitación. Al abrir la puerta pudieron notar que se trataba de la cocina.

Frente a la chimenea había una mesa cuadrada con seis sillas, dos de las cuales estaban ocupadas. En la cabecera estaba sentado un hombre muy viejo bebiendo un poco de vino, el cual lucía casi tan decrépito como la anciana.

A su izquierda estaba sentado otro hombre calvo de unos cincuenta años. El hombre, a pesar de haber advertido que tenían compañía, mantenía la vista fija en su plato que se encontraba vacío.

María y los niños aún permanecían de pie mirando a aquellas personas. La madre no deseaba incomodar o perturbar la intimidad de nadie, de algún modo advertía que su presencia molestaba a esa familia.

La vieja se acercó a la estufa donde una enorme olla rompía en hervor. A pesar de la hora parecía que en esa casa aún nadie había cenado. Un delicioso olor a guiso inundaba el ambiente, despertando el apetito de los más pequeños.
—Anastasia— gruñó el viejo dirigiéndose a la anciana—¿Dónde están tus modales?

El anciano invitó a María y sus hijos a sentarse a la mesa. El hombre calvo continuaba con la vista perdida en el plato vacío y parecía no percatarse de que tenían invitados.

II

El cuarto de huéspedes contaba con una cama matrimonial lo suficientemente grande como para que ella y los niños pudieran dormir con comodidad.

Carolina, la más pequeña, miraba con curiosidad una muñeca que se encontraba sobre uno de los estantes. Era una muñeca antigua de porcelana, que ya podría considerarse de colección. Sus rizos rojos contrastaban con el azul de sus ojos. La muñeca llevaba un vestido de terciopelo color rosa y unos zapatitos que combinaban con el atuendo.

—Mami, mira esa muñeca. ¡Qué bonita es! ¿Puedo dormir con ella? — preguntó Carolina con sus ojos cargados de deseo.

—Bien, supongo que no hay nada de malo en ello. Déjame que te la alcance — dijo la madre, mientras acercaba una silla bajo el estante donde se encontraba la muñeca y la tomaba con cuidado de la cintura.

La niña inspeccionó la muñeca de pies a cabeza, maravillada. La abrazó y de un salto se metió en la cama junto a su madre. La madre abrazó a ambos pequeños y apagó el velador.

—Descansen niños, en unas horas ya estaremos camino a casa.

María se despertó sobresaltada. Escuchó fuertes golpes fuera de la casa. Los niños aún dormían. Miró su reloj. Eran las 3.15 de la mañana.

A María le pesaba la cabeza, sentía que un dolor punzante atravesaba sus sienes. Respiraba con dificultad, y antes que pudiera encender la luz, volvió a escuchar esos fuertes golpes provenientes del exterior. Era como si alguien golpeara puertas y ventanas a la vez.

La mujer buscó con su mano el velador para encenderlo, movió sus manos en el aire a diestra y siniestra, pero no pudo encontrarlo. Sus dedos se enredaron en algo que parecían telas de araña. María comenzó a zamarrear a los niños para despertarlos, se sentía muy incómoda allí y un olor nauseabundo dominaba el cuarto.

—¡Niños! ¡Niños! ¡Niños! ¡Vamos! ¡Arriba, despierten ya!— gritó María, mientras movía los cuerpos de sus hijos para despertarlos, pero los niños no reaccionaban.

María comenzó a desesperarse, tuvo un mal presentimiento. Algo terrible estaba sucediendo con sus pequeños. Tanteó el rostro de Carolina en la oscuridad, estaba helado. La mujer saltó de la cama e intentó encender la luz, tal como lo había hecho el anciano pocas horas atrás, sin embargo esta tarea se le imposibilitó, ya que no pudo encontrar el interruptor. En medio de la desesperación, María buscó su bolso. A pesar de que había dejado de fumar hacía meses, aún conservaba el hábito de llevar encima su encendedor Dupont.

La mujer encendió el Dupont, y bajo la luz que proyectaba la tenue llama de éste, se acercó a la cama donde descansaban sus hijos.

Carolina yacía sobre la cama con los ojos cerrados. Su rostro se veía apacible. La niña aún estaba abrazada a la muñeca de porcelana. María apoyó su cabeza sobre el pecho de su hija, aunque presentía que la niña no estaba respirando.

Su peor pesadilla era una realidad: no pudo escuchar sus latidos, ni tampoco pudo encontrar su pulso. María estaba en shock. Permaneció inmóvil unos instantes y luego iluminó el rostro de Matías, el mayor de sus hijos.

Lo que vio la impactó demasiado. El rostro de su hijo mostraba una expresión de horror. Sus ojos estaban abiertos con las pupilas ya muy dilatadas, sus cejas arqueadas y el ceño fruncido denotaban que el pequeño había presenciado algo espantoso. Su boca, también abierta, parecía ahogar un alarido de espanto que su madre jamás alcanzó a oír. El niño, al igual que su hermana, tenía el cuerpo helado y ya estaba comenzando a ponerse un poco rígido.

La mujer lloraba desconsoladamente al borde de aquella cama, junto al cuerpo de los niños. Se tomaba la cabeza con ambas manos y sollozaba sin cesar, presa de la congoja y la desesperación.

—¡Dios mío! ¿Qué ha sucedido aquí? ¿Qué han hecho con mis hijos?— exclamó María entre llantos.

La mujer, presa del pánico y sin llegar a comprender del todo lo que había ocurrido en esa casa e invadida por una sensación de ira, corrió hasta el cuarto de los viejos, intentó abrir la puerta, pero le resultó imposible. La puerta estaba cerrada con llave. La mujer embistió con su cuerpo la dura madera de la puerta pero no pudo abrirla. Tampoco escuchó ruido alguno desde el interior del dormitorio.

María comenzó a deambular por el pasillo. El dolor de cabeza era cada vez más intenso y los golpes y gritos que provenían del exterior le resultaban demasiado lejanos. La casa estaba en penumbras. El encendedor se había calentado demasiado, comenzaba a quemarle las manos y en un descuido, María lo dejó caer al suelo.

Sumergida en la inmensa oscuridad la mujer se agachó tanteando en el suelo en busca de su Dupont, sentía que su cabeza pesaba una tonelada y, trágicamente, había perdido las esperanzas de salir de allí, por lo que se acurrucó sobre las chirriantes maderas de pinotea de aquella casa a la que deseaba jamás haber entrado. Así se abandonó a su suerte.

*****

III

Afuera ya estaba amaneciendo. Antonio continuaba golpeando puertas y ventanas, llamando a su familia a los gritos. Algo extraño sucedía con la casa. Las puertas y ventanas de ésta tenían maderas clavadas diagonalmente, las cuales impedían que pudieran abrirse desde el interior. Lo más curioso era que estas maderas parecían haber sido colocadas allí hacía tiempo. Los clavos estaban bastante oxidados y denotaban el paso de los años.

El mecánico del pueblo, que había llevado hasta allí a Antonio, lo miraba desconcertado, estaba prácticamente convencido de que el hombre había enloquecido de repente.

Antonio no estaba dispuesto a rendirse fácilmente. Su familia estaba allí, en esa casa olvidada y que parecía abandonada desde hacía muchísimo tiempo. El hombre husmeó en los alrededores de la casa hasta encontrar una barra de metal que decidió utilizar como barreta.

Con todas sus fuerzas hizo palanca entre las maderas clavadas y la puerta de la casa hasta que luego de unos cuantos segundos las maderas cedieron y se aflojaron.

El hombre arrancó las maderas flojas, sin importarle que algunos clavos se enterraran en su carne. Abrió la puerta de una patada y entró a la casa llamando a gritos a su familia.

-¡María! ¡Maríaaaaaaaaa! ¡Matías! ¡Carolinaaaaaa!

No hubo respuesta alguna a sus llamados. El interior de la casa lo impactó muchísimo. El lugar no tenía absolutamente nada que ver con aquella cálida casa que había observado la noche anterior. El hombre comenzó a avanzar por la sala, pero todo estaba oscuro, lleno de polvo, suciedad y telas de araña. El aspecto de abandono de la casa hacía pensar que desde hacía tiempo nadie vivía allí.

Un hedor insoportable que pululaba en el ambiente le provocó náuseas. Mientras avanzaba en semipenumbras, pues la única iluminación con la que contaba provenía de la puerta de entrada que había dejado abierta de par en par, pudo divisar a María en el piso. La mujer estaba en posición fetal con los ojos abiertos, y su boca no paraba de temblar.

Antes que Antonio llegara a preguntarle algo, la mujer lo tomó de la mano y le dijo:

—Los niños, Antonio... ve por los niños.

Luego de estas palabras, sin moverse del piso, la mujer quebró en llanto.

Antonio continuó avanzando y llegó a lo que alguna vez pudo haber sido la cocina de aquel lugar. De allí provenía ese horrible hedor. Parecía como si la comida de la casa hubiera estado pudriéndose allí por décadas sobre los platos aún servidos en la mesa.

Dado el estado de deterioro y continua putrefacción de aquel lugar, al hombre no le sorprendió que las cucarachas y roedores hubieran hecho de las suyas allí. Sin distraerse con todo lo que estaba observando en aquel incomprensible lugar, Antonio atravesó la polvorienta cocina y comenzó a caminar por el mismo pasillo que pocas horas antes había transitado su familia en busca de descanso.

Al llegar al final del corredor se encontró con dos puertas. Abrió primero la puerta izquierda. A pesar de que estaba oscuro, era evidente que se trataba de un dormitorio, pero al igual que el resto de la casa, estaba abandonado desde hacía mucho tiempo. Sobre el cabezal de la cama matrimonial, la foto de una pareja ilustraba el día de la boda. Una hermosa mujer con vestido blanco y un bouquet de flores color lavanda sonreía, mientras el novio la miraba de perfil contagiándose quizás de su sonrisa.

Antonio salió del cuarto y se dirigió a la otra puerta, la de la derecha. Deseó jamás haber entrado allí. Sobre la cama de dos plazas un tanto revuelta pudo ver a Carolina y Matías. Los cuerpos de los niños, ya sin vida, yacían inertes en aquel viejo dormitorio conformando un lúgubre escenario.

El padre cayó de rodillas sobre el piso y comenzó a sollozar sin poder acercarse a los pequeños. Sabía que estaban muertos, pero no se atrevía a ver sus rostros.

Ante la demora del hombre, el mecánico entró a la casa y fue testigo de aquella inexplicable tragedia. Condujo al perturbado matrimonio hasta el pueblo, donde se dio parte a la policía de lo acontecido.

*****

IV

Los cuerpos de los pequeños fueron sometidos a un peritaje forense, donde se determinó que ambos niños habían sido estrangulados por su madre pocas horas antes.

A pesar de que la mujer le juró a su marido que no tenía que ver con lo sucedido, no había manera de explicar el hecho de que las marcas que había en el cuello de sus hijos coincidían exactamente con las huellas de sus manos. Tampoco pudo explicar los arañazos que tenía en el torso y que develaban evidentes signos de lucha.

Toda la sospecha recayó sobre María, que fue condenada a prisión por filicidio y llevada a un centro siquiátrico. Sin embargo, lo que nadie jamás pudo explicarse fue quién era esa anciana que había abierto la puerta y qué era lo que realmente había sucedido con aquella casa tan agradable, la cual había cambiado por completo en tan solo unas pocas horas.

María se había propuesto indagar hasta saber la verdad de lo ocurrido. Solo una persona se preocupó por ella. La enfermera que había sido destinada para cuidarla y vigilarla, Eugenia Moldoni.

Ese sábado Eugenia dejó a María al cuidado de su compañera de la mañana. Tenía que estar en su casa ese fin de semana, pues se trataba de algo que solo ella debía de hacer. Había convenido con el Director de la Clínica que se mudaría esa semana a Villa Esperanza para trabajar en el Pabellón Oeste, el ala destinada a los pacientes siquiátricos del Hospital Regional del pueblo y sus alrededores.

La habitación de su departamento estaba desarreglada, hacía varios fines de semana que Eugenia preparaba la mudanza, aunque ella ya dormía en el Hospital. Había dispuesto dos cosas para ese fin de semana: realizar la mudanza definitiva de sus pertenencias y comunicarse con la familia de María.

Para lo primero llamó a un camión de mudanzas que se ocupaba de eso y trabajaba los domingos. La empleada de la inmobiliaria se lo había recomendado. Al entrar fue derecho al living y se sentó en su mecedora. La adoraba, recordaba su infancia en su vaivén acompasado. Ya tenía todo dispuesto en cajas, la notebook la llevaría con ella en su automóvil, la conservó prendida, pues le resultaba una compañía. Las dos plantas del balcón que le había regalado Luis, irían también. Había visto que podría trasplantarlas en el cantero que rodeaba la parte trasera del Hospital. Era un buen lugar, podrían regarlas con María, seguro que a ella le gustaría cuidarlas. Miró el reloj, faltaban todavía dos horas para que los dos hombres que ayudarían en la mudanza llegaran.

A pesar del entusiasmo que le ocasionaba el traslado definitivo se sentía confundida, su cabeza daba vueltas y vueltas sin encontrar respuestas a cuál sería la forma más correcta de comunicarse con la familia de la joven acusada de asesinar a sus hijos. Ella estaba segura de que era inocente, pues la mujer no presentaba los síntomas típicos de una persona trastornada.

La situación era confusa y difícil, además, desde hacía unas semanas sentía que los rostros del Pabellón Oeste la perseguían y, aunque sabía que sólo eran sensaciones, las imágenes le resultaban muy perturbadoras.

Se acercó con lentitud a los cubos de cartón que parecían también enseñar las uñas. Desdobló las cuatro solapas y revisó las cajas, objetos personales y fotografías que había tomado de sus tías y tíos y de algunos internos. Pensamientos la asaltaron, como si se sorprendiera de que estuvieran allí. Tomó la primera foto y leyó atrás el nombre prolijamente escrito en letra manuscrita que ella misma había colocado para recordar el día de la partida. Barrios, Felipe A, así se acostumbraba nombrar a los internos, primero el apellido y luego el nombre de pila, pero para ella era solo Felipe, un bonachón de más de sesenta años que el alcohol había devorado en un delirium tremens. La dejó a un costado del escritorio y tomó el teléfono. Haría la llamada.

¿Por qué no? — se dijo mientras marcaba el número telefónico de los López Ramos, familiares de María. Era domingo, así que seguro que si a esa hora estaban en la casa sus tíos, atenderían el teléfono.

*****

V

El celular temblaba en su mano, estaba nerviosa, aún así no cortó y continuó en espera.

—Sí, ¿quién es? —la voz le resultaba conocida, era el tío de María, Julián, que ya no la visitaba desde hacía varios meses.

—Buenos días, replicó Eugenia con energía, estaba decidida a mantener la conversación a toda costa —¿Está la señora Alicia? — preguntó lo más impersonal posible. No quería que el esposo notara su nerviosismo.

—¿Quién la busca? —contestó la voz masculina y arrogante, buscando intimidar.

—Eugenia Moldoni. Soy enfermera del Hospital Regional donde está internada su sobrina.

—Creo que se equivoca, señorita. No tenemos ninguna sobrina internada en ningún lado.

Se notaba que el hombre no tenía intención alguna de hablar y mucho menos de reconocer que María estaba abandonada allí.

—Disculpe — se retractó la muchacha — ¿Estoy hablando con la familia López Ramos?

— Sí, pero ya le dije. No tenemos ningún familiar internado en ningún lado.

—Señor, no entiendo por qué lo niega, pero para mí es muy importante comunicarme con su esposa, la tía de María. Ella la extraña y espera por su tía todos los días como si fueran domingos.

—Mire jovencita, déjenos en paz. No sé quién es usted ni me interesa, pero si sigue insistiendo llamaré al Director del Hospital que usted dice representar y presentaré mi queja por escrito. ¿Quién se cree usted que es para molestar en una casa de familia y menos un domingo? ¡Pero qué desfachatez! ¡Por favor!

—Me temo que usted no entiende, señor Ramos. Yo no intento inmiscuirme en sus asuntos privados, pero esto se trata de un familiar muy cercano a usted. Es su sobrina María, señor.

—Deje a María donde está y no fastidie a mi esposa. Ella está muy enferma.— Eugenia se sorprendió, quizás era verdad y ella no la visitaba por esa causa.

—No lo sabía, señor, perdón. ¿Puedo ayudar en algo?— Eugenia se ofreció en forma verdadera, realmente quería ayudar. —Lo que esté a mi alcance, señor.

—Sí, hay algo que puede hacer, deje de incomodarnos con este tipo de llamadas, no me parece oportuno ni profesional de su parte. — le contestó Ernesto y colgó. En ese momento Alicia entraba en la cocina.

Alicia Martínez de López Ramos se había casado apenas finalizada su adolescencia, hija de un padre déspota y controlador y una madre sumisa, estaba repitiendo la misma historia. Ernesto ejercía una influencia nefasta sobre su persona, la cual se extendía a sus hijos y a su única sobrina, a la que habían criado como una hija. En realidad a toda su familia.

Sólo en una oportunidad había intentado buscar apoyo sicológico pero, al enterarse, su marido provocó una situación extrema que había llegado a la agresión física. Tras este incidente no volvió a intentarlo. Esa fue la primera vez que su marido le pegó, pero no la última. Ella le temía. Instalada en la silla al lado de su marido, Alicia preguntó por la llamada.

—¿Quién era, Julián? — Alicia no estaba enferma, pero sí deprimida y triste, nunca creyó que extrañaría tanto a su sobrina.

—Nadie, número equivocado. — explicó su marido, mientras se sentaba frente al ventanal desde donde se podían ver las hojas que agonizaban en el invierno destemplado.

—Qué raro…— dijo dudando de la respuesta de su marido — Hubiera jurado que hablabas con alguien.

—¿Pero con quién, Alicia? ¡No molestes, por favor! — Su carácter explosivo y autoritario hicieron callar a Alicia, justo en el momento en que entraba Ana, la mayor de las hijas. Ana se sumó inocentemente a la conversación:

—¿Era la tía Juana? ¿Cómo está María? ¿Saben algo de ella?

—Todo está bien, Ana. No, no era la tía, pero hablé ayer con ella desde la oficina, y le comentaba lo bien que se había adaptado María al Hospital. Desde allí va a contratar un abogado que tome su caso. Dice que se acomodó demasiado bien para el problema que tiene. Está muy bien Ana, además, estar en esa cárcel de mujeres no daba para más.

—Todo el mundo sabe lo sucedido. ¡Dios mío! ¡Quisiera saber qué pasó realmente con los niños!

La realidad era muy avergonzante. Su querida sobrina era hasta ahora una asesina. No podía seguir hablando con su hija del tema, no podía, y tampoco sabía cómo. Aunque no la visitaba, Alicia la quería mucho, sin embargo, tenía muchos reparos en hablar del tema con su hija Ana, y que supiera que la había abandonado allí, en el Pabellón Oeste del Hospital Regional. Sabía que Ana jamás se lo perdonaría.

—Yo tengo algo de culpa que ella no esté con nosotros. — pensó Alicia. — Todavía me pregunto qué hubiera pasado si lo hubiese comprendido antes. El saber que Ana veía los cuerpos de los niños muertos, tendidos en esa cama, con las marcas de sus propias manos en sus pequeños cuellos. Eso es una imagen que no puedo sostener. Mi mente se destruye ante ello.

Alicia deseó que el fantasma de María desapareciera definitivamente. Que se hiciera transparente. Que nunca hubiera existido. Y ahora….

—Ana, ¿Ahora qué?— le preguntó su madre.

Ahora era tarde, demasiado tarde. La voz de Alicia se quebró, ella no concebía la idea ni de la mentira ni del abandono, pero sabía que habiendo tomado

Ernesto esa decisión de permitir que a María le hicieran electroshock en la clínica, ella nada podría hacer. Él la dominaba.

—Basta de hablar estupideces... Todos estamos mejor así, fue mi decisión y no quiero que se hable más del tema. ¿Estamos?

Nadie se atrevió a desafiarlo. Eso le dio satisfacción.

—Alicia, prepárame un café. Vamos.

Ana y Alicia no discutieron más sobre el tema. Ambas sentían que habían sido partícipes de la ida de María de la casa. Para Alicia la situación se estaba tornando intolerable. Ernesto ni siquiera le permitía ir los domingos a visitarla.

En una de las últimas visitas al Pabellón Oeste, María le había pedido a su tía que le trajera unas canicas azules de vidrio para los niños y varios paquetes de caramelos de miel, los cuales eran los favoritos de Carolina.

Al principio Alicia visitaba a su sobrina todos los fines de semana. La quería como una hija, ya que después de morir su madre se había ocupado de su crianza y la incorporó a la familia como una más de sus hijos.

¿Cómo lo había permitido? No sentía que fuera una buena madre. Ni las perras abandonan a sus crías, se dijo.

El día que María había sido derivada de la Penitenciaría al Pabellón Oeste del Hospital Regional, a pesar de su angustia, Alicia no derramó ni una sola lágrima. Sabía que eso a Ernesto lo enervaba, y no quería agravar la situación para que Ana no sufriera. Dispuso el café en un pocillo blanco, colocando en el plato dos terrones de azúcar, y se dirigió a la sala, donde su marido la aguardaba. Debía de hacer algo, ya no podía soportarlo.

*****

VI

Eugenia colgó el tubo del teléfono con rabia e impotencia. Desgraciado, masculló para adentro. ¿Estará enferma de verdad la tía? Sintió ganas de averiguarlo de alguna otra manera, pero no se dejó tentar. Tenía que desayunar y poner algo de orden. Levaría las cajas más cerca de la entrada, así los empleados de la mudanza hacían más rápido su tarea.

Las horas se fueron escurriendo del reloj de la cocina hasta que el departamento quedó en penumbras. Los empleados no llegaban, Eugenia pensó que ya no vendrían.

Se acomodó de nuevo en la mecedora de mimbre. Las cajas y ella sola en ese departamento transmitían una desolación que Eugenia trató de disimular. Tomó el libro que había comenzado hacía muchas noches con la intensión de continuarlo, no obstante, pese a que estaba entusiasmada con la lectura, apartó los ojos del libro por un instante.

Hacía varias páginas que su mirada recorría cada renglón de manera religiosa, pero ella, en realidad, estaba en otra parte, su mente se había perdido en divagaciones que nada tenían que ver con lo que estaba leyendo.

Miró la hora en la pantalla del ordenador. Se incorporó, dejando sobre el sillón el libro de tapa azul. Observó a su alrededor y tomó conciencia de que estaba sola, totalmente sola. El cenicero desbordado demostraba que había fumado mucho más de lo que solía permitirse.

Deambuló por toda por la casa, fue primero hacia la cocina. Sentía el cuerpo destemplado. Se cubrió con una frazada que usaba para taparse y se dirigió a la otra habitación. Dio un vistazo general, como buscando algo que le diese alguna pista. Sus libros y cuadernos viejos ya estaban embalados. Estaban llenos de apuntes conteniendo antiguas ideas que estuvo tratando de reflotar con muy poco éxito. Y los hombres que no vienen, pensó.

Prendió unas velas, ya que habían cortado la luz unos días antes por la falta de pago. La tenue luz era el único manchón luminoso en la habitación. Imágenes borrosas se le presentaban en su mente, imaginando la suerte de los enfermos que ahora estaban a su cuidado. Nada los diferenciaba, salvo los nombres.

Entre el borde difuso del ensueño o la confusión creyó ver una silueta que se destacaba entre el bombardeo de imágenes. Un hombre, parecido a uno de los pacientes a quien tenía bajo su cuidado, parecía encontrarse en la habitación, derrumbado sobre un camastro. Los ojos de Eugenia no tardaron en acostumbrarse a la penumbra. El hombre se encontraba maniatado, mirando una luz proveniente del fondo de un pasillo que ella podía reconocer.

Poco a poco, el hombre salió de la inconsciencia en la que estaba sumido. Quizás gracias al dolor inconcebible que le llegaba del ojo derecho. Giró bruscamente el cuello, buscando con la mirada la dolorida porción de su cuerpo en un espejo que se encontraba al lado de la cama. Después, comenzó a gritar. Pareció más sorprendido de no oír su propio alarido.

En el ensueño Eugenia dio un chillido.

—Los ojos— exclamó.

María siempre hablaba de unos ojos extraños y terroríficos que la acosaban en el Pabellón Oeste. Era extraño, los dos, tanto Eugenia como el hombre, ahora estaban en la misma habitación, pero la enfermera flotaba desde un espacio que parecía no coincidir con el del hombre.

Ambos gritaban sin escucharse el uno al otro. Él intentaba zafarse de unas manos que, en apariencia, comenzaban a estrangularlo. El grito inaudible del interno no espantó a la figura de azul que tenía las manos ensangrentadas sobre su cuello.

Horrorizada, Eugenia volvió a gritar, pero nada alteró la terrible operación que se estaba llevando a cabo. El interno también gritó. Esta vez sí oyó su grito, que rebotó contra las paredes de la angosta habitación. El dolor había desaparecido, al igual que la figura que se alejaba con movimientos lentos y rítmicos.

La muchacha se incorporó de un salto. ¿Acaso se estaba volviendo loca? ¿Qué había ocurrido? Empezó a investigar a su alrededor con la vista, pero todas las cosas que le eran familiares seguían en su sitio.

Algo la hizo reaccionar y estremecerse aún más. Descubrió que su cuerpo estaba desnudo ¿Cómo podía haber sucedido esto, si ella misma se había vestido y abrigado porque había sentido frío unos minutos antes? La luz de la lámpara se había vuelto débil, pero iluminaba lo suficiente como para que notara que estaba encerrada. Era imposible, estaba segura, que ella hubiera dejado la puerta abierta.

¿Había entrado alguien allí? Éste pensamiento racional empezó a ponerla nerviosa. La ansiedad la dominaba, y durante unos minutos continuó parada sin poder movilizarse. Súbitamente, mientras observaba la lámpara, ésta duplicó su intensidad, para apagarse completamente un instante después.

La oscuridad dominó la estancia, y Eugenia, en total confusión, comenzó a llorar. No entendía nada de lo que estaba sucediendo.

—Será la gran tensión a la que estoy expuesta— masculló en voz alta. —Creo que me estoy extralimitando, como dijo el tío de María, y eso me produce estas alucinaciones.

Volvió a mirar el reloj, el cual mostraba que ya eran las 20.45.

—Ya no vendrán— se dijo Eugenia.

Sin esperar más llamó al número que la empleada de la inmobiliaria le había dejado, pero la atendió un contestador automático.

—No importa, — pensó — pasaré la noche aquí y mañana a primera hora avisaré al Hospital que me tomo el día de trabajo para terminar con la mudanza. No quiero demorar un día más.

Se dirigió directo a la cocina, y allí se preparó un té y lo llevó con cuidado hasta el sillón. De la mesa de noche tomó un frasquito con píldoras rosadas. Con cuidado tomó una y la introdujo en su boca. Bebió el resto del té y lentamente se fue fundiendo en el sueño.

*****

VII

Pedro no supo por qué, pero salió corriendo sin rumbo fijo, sin mirar atrás, huyendo de su mejor amiga. Estaba muy confundido, perdido e impactado. Las emociones que había sentido en aquel instante habían sido tan contradictorias que su mente no era capaz de comprenderlas. Mientras sus piernas flaqueaban y el agua helada de la lluvia se iba colando lentamente en sus huesos, fue entrando poco a poco en una especie de sopor que lo envolvió entre telarañas.

Sin saber cómo había llegado allí, se encontró parado detrás de la puerta del Pabellón mirando hacia fuera, hacia donde se encontraba Eugenia.

La preocupación lo trasladaba siempre a esa especie de submundo que odiaba. La lluvia caía copiosamente desde hacía algunas horas y poco podía verse detrás de esa pared translúcida. Tuvo el extraño presentimiento de que ella seguía ahí fuera, apresada tal como él lo estaba allí, en esa cárcel sin barrotes.

Fue consciente de que había momentos en que realmente no hay que pensar, y que aquel instante era uno de esos, en los cuales la acción se debía adelantar a todo. Sabía que Eugenia lo necesitaba en algún perdido rincón del jardín, pero él se mantenía ahí, inmóvil y temeroso, sólo acompañado por las voces que todavía resonaban dentro suyo. Era un cobarde. Loco y cobarde, pensó para sí.

Un fugaz pensamiento pasó por su cabeza en aquel instante: lo que había vivido cuando vio a Eugenia y la figura que trataba de alcanzarla. Fue en ese momento en el que decidió reiniciar la búsqueda de su querida amiga con una extraña desesperación en el pecho. Anduvo lento bajo el agua que lo bendecía, entre los charcos del sendero que comenzaban ya a alejarlo de la puerta del pabellón.

Esta vez el tramo se le hacía interminable, de alguna forma sabía que ella estaba por ahí en algún lugar entre él y la Capilla, sin embargo, por mucho que miraba los oscuros rincones, no era capaz de encontrarla. El destino, o tal vez sólo la perseverancia, harían que sus caminos volvieran a cruzarse.

Pedro reencontró a Eugenia cerca del lugar donde la había dejado. Estaba hablando con un hombre. Aunque todavía estaba lejos, era un hombre, estaba seguro. Volvió a esconderse y volvieron las voces, siempre las voces. Trató de resguardarse de la lluvia que parecía arremolinarse a su alrededor posándose en su cabeza y extremidades. Al sentir la presencia de Eugenia movió la cabeza con preocupación hacia ambos lados. Por alguna razón supo que Eugenia estaba llorando.

Pudo sentir los surcos que las lágrimas dejaban en su cara y el enrojecimiento de sus ojos. El dolor y la vergüenza por su cobardía hicieron que bajara la mirada. No soportaba ver a Eugenia así, y él sin poder hacer nada.

Cuando ella volviera iba a disculparse, dar mil excusas. El miedo y el profundo deseo de seguirla lo retuvieron allí en silencio. Por unos momentos la lluvia que caía se detuvo, y también se detuvo su mundo.

Se sentó sin decir una sola palabra, porque las voces ya eran una sola voz que se convirtió en grito. No sabía si ese grito desgarrador salía de la boca de él o de la boca de Eugenia.

El hombre que había visto Pedro era el Director del Hospital Regional. Preocupado por la enfermera, y viéndola desde su despacho de la planta alta internarse bajo la lluvia, salió en su búsqueda. Era evidente que la mujer estaba trastornada y eso lo apenaba sobremanera. Una mujer como Eugenia siempre estaba orientada. Su mejor enfermera del Pabellón Oeste ahora estaba sumida en el caos de la confusión.

Forcejearon. El director le habló, trato de convencerla que regresara al Pabellón. Trató de sacar el celular de su chaqueta, pero se dio cuenta que lo había dejado sobre el escritorio. Le fue imposible pedir ayuda. La mente de Eugenia le hizo creer que el Director era su perseguidor y, empujada por una fuerza desconocida para ella, lo empujó. El hombre cayó en la tierra pegajosa, que se mezcló con la sangre que ahora emanaba de su cabeza. Quedó inconsciente.

Eugenia corrió y llegó hasta el sendero de piedras que llevaba a la capilla. La tarde anterior los jardineros habían sacado un enorme abedul que estaba por colapsar debido a que sus pesadas ramas se habían quebrado con la tormenta. Un hueco generoso había quedado cuando removieron sus raíces. Eugenia se inclinó ante el agujero y comenzó a cavar con sus manos, como si estuviera buscando algo.

A partir de aquel momento todo se transformó en un teatro confuso e irracional. La enfermera, abstraída de la realidad, utilizó sus dedos para ahondar la tierra ablandada por el agua.

Siguió escarbando hasta que al fin sus manos parecieron haber hallado algo.

—¡Cráneos! — gritó — ¡Cráneos! ¡Aquí están! ¡Los he encontrado!

El director yacía a unos metros, aún respiraba. Eugenia tenía en sus manos una vasija rota de jardín que de seguro se habría mezclado con la tierra removida. Su forma esférica le hizo creer que lo que tenía en sus manos se trataba de restos óseos.

Mientras tanto, desde otro espacio del jardín del Hospital, Pedro era testigo de toda la escena.

—Lo asesinaron y luego enterraron aquí sus cuerpos. ¡Lo sabía! — Pensó, mientras una historia apocalíptica e irreal se tejía en su mente.

Toda esa visión le resultaba demasiado extraña. Eugenia estaba segura que no se trataba de la obra de ninguno de los internos. Muy por el contrario, creía que aquellos terribles actos habían sido llevados a cabo por alguien sin escrúpulos. Una persona inteligente y que, sin dudas, tenía uno o varios cómplices. ¿Pero cuál era el fin en sí mismo de este terrorífico proyecto? No había lugar a dudas que el

Director estaba involucrado en las desapariciones y por qué no, en los crímenes.

Eugenia entretejió un entramado donde los umbrales de la realidad se distorsionaban. El Director del Hospital estaba en el foco de su confusión. Una confabulación se creaba en sus sentidos, había perdido la claridad de su pensamiento y la lógica se le escapaba. Bajo la lluvia, sus brazos se empeñaban en descubrir más y más. Sola con sus alucinaciones se veía minúscula entre las oscuridades de la noche.

El Director continuaba en el piso indefenso. Para Eugenia, él era el responsable del crimen de María y Lucas. Para ella el Director no era más que un alma atormentada que estaba en busca de los ojos perfectos. Los ojos que le faltaban a María. Los ojos que creía ese mismo hombre le había arrancado a Lucas. Una y mil preguntas se presentaban en su mente mientras continuaba cavando, eufórica y desenfrenada.

Pedro permaneció en la oscuridad. El delicado hilo que lo separaba de la realidad se había quebrado otra vez. Las voces en la profundidad de su cráneo subieron de tono, como si discutieran. Parecían entablar una absurda conversación entre ellas cuyo tema prioritario era el de ordenarle que se alejara unas veces y que se quedara y mantuviera alerta otras.

Su rostro tenía una expresión suplicante. Brotaba de sus labios un torrente de palabras incomprensibles. Las voces en su mente entablaban múltiples diálogos con él, queriendo advertirle de los peligros inminentes. Pedro inclinó la cabeza que albergaba todos esos sonoros comentarios como si ella le pesara más de la cuenta.

Otra figura los acompañaba evitando los ojos de Pedro, pero incrustándose en el azul intenso de la mirada de Eugenia, la enfermera.

Eugenia continuaba escarbando bajo la lluvia. ayudada ahora por una pala que habían dejado los jardineros junto al árbol. La tierra golpeaba su rostro y se mezclaba con las gotas de la lluvia. El barro parecía ir tomando forma debajo de la pala, y al poco rato encontró la entrada de un túnel.

—¿Túneles en el Hospital Regional?— se preguntó sorprendida.

El túnel comunicaba la Capilla con el Pabellón Oeste del Hospital Regional y era parte de la construcción original del edificio del Hospital, la cual originalmente había sido una lujosa mansión victoriana, construida hacía ya unos cientos de años.

Desde hacía tiempo nadie tenía acceso a ese túnel, pero ahora Eugenia lo había encontrado. La tierra, el viento y el polvo habían ido ocultando, con el paso de los años, la entrada de aquel túnel a los intrusos. La enfermera tuvo que desbloquear parte de la entrada. En ese momento Pedro se sumó a la excavación sin decir ni una sola palabra. Eran dos figuras movedizas que escarbaban bajo la espesa cortina de agua.

Una vez que despojaron de tierra lo que parecía ser la puerta de entrada a aquel oscuro túnel, haciendo palanca con la pala, Pedro logró abrir la pesada puerta de madera. Abajo reinaba la oscuridad.

Ayudada por la luz de su teléfono móvil, Eugenia tanteó lo que pareció ser una escalera metálica y, sin pensarlo dos veces, comenzó a descender. Quería llegar al final del asunto. Pedro la siguió en el más absoluto de los silencios.

Pero Pedro seguía confundido. Susurros y gritos lo invadían. Creyó vislumbrar en la oscuridad el rostro sereno de su madre. Las voces se volvieron confusas hasta que una de ellas se hizo más clara que el resto. Era como si aquella voz quisiera advertirle algo. La voz fue cambiando de tono hasta convertirse en un grito que desgarraba su sien y el de Eugenia, para culminar en el más absoluto de los silencios.

Allí abajo el tiempo parecía haberse detenido. Eugenia tomó a Pedro de la mano. Sus manos estaban heladas. Paciente y enfermera comenzaron a recorrer aquel túnel sin saber con exactitud qué podrían llegar a encontrar allí o donde podría conducirlos el mismo.

En su interior el túnel presentaba unas vigas de madera a manera de soporte que rozaban las cabezas de ambos. La mujer estaba segura que allí encontraría las respuestas a todos los interrogantes que durante tanto tiempo la habían perturbado, pero no hallaron mas que objetos en desuso y telarañas.

Pedro se sostenía la cabeza, como si tratara de que las voces no pudieran exteriorizarse. Eugenia estaba confundida, pero atinó a empujar al muchacho hacia la entrada, pues no quería involucrarlo.

—¡Vete Pedro! ¡Quiero que te vayas! ¡Ve a pedir ayuda!

Pedro se rehusó a dejar a Eugenia, pero la insistencia de la enfermera era para él como una orden.

Volvió sobre sus pasos y comenzó a subir la escalera metálica que daba al exterior para caminar rumbo al Pabellón y traer ayuda. Una voz se sumó ahora a la de Eugenia, era la voz de su madre que le rogaba que se fuera de allí.

Pedro caminaba por el jardín a los tumbos, embarrándose. La lluvia era intensa. Los gritos de Eugenia lo impulsaban a seguir adelante. Recorrió el sendero que conducía al Pabellón Oeste, y fue en ese momento cuando sintió que una fuerza extraña se apoderaba de él.

—¡María! ¡María! — gritaba el hombre — ¿Qué han hecho con tus ojos, María?

Pedro estaba asustado. A pesar de que le tenía miedo al jardín pues estaba a oscuras, ahora los troncos y la penumbra del lugar serían mejor que aquel túnel. Se acurrucó en el primer árbol que pudo palpar. Las voces en su mente entraban y salían, como si desde su cráneo se hubiera trazado un camino proporcionalmente paralelo a los otros.

Unas le pedían a gritos que llegara hasta el Pabellón, otras que volviera para ayudar a Eugenia. Su angustia iba en aumento. Un profundo estado catatónico le sobrevino. Sus músculos dejaron de pertenecerle y todo su cuerpo y su mente se internaban precipitados hacia la obnubilación.

Al cabo de unos minutos, las voces cesaron. También ellas se habían silenciado en esa mezcla de irrealidades. Pedro se fue acurrucando, sin proponérselo, al costado de uno de los árboles.

Todo el bosque vibraba bajo los relámpagos y los últimos gritos de Eugenia mientras el agua la bañaba en un bautismo de purificación. La tormenta se había incrementado. Los truenos resonaban como alaridos, y el sonido de las chispas de las parpadeantes farolas tenues que bordeaban el sendero del jardín, anunciaba que en cualquier momento se iría la energía.

Pedro decidió retomar su marcha a paso acelerado. Arrastraba la pierna izquierda que se encontraba dominada por cientos de alfileres que se clavaban en los músculos y en la carne. La voz de Eugenia había desaparecido, sólo el eco de las voces interiores lo acompañaban en el difícil trayecto de volver al Pabellón.

El suelo barroso cedía bajo sus pies, empujándolo hacia delante, como si luchara contra el viento húmedo que soplaba, y como si intentara devolverlo a la boca del túnel. Metros más adelante, Pedro cayó con todo el peso de su cuerpo sobre un charco amarronado y viscoso. La escasa percepción que tenía sobre el entorno y el entumecimiento de sus pies lo habían impulsado hacia la tierra suave y helada.

Se revolvió frenético en el agua estancada, tratando de liberarse de esa masa líquida y oscura que intentaba arrastrarlo hacia otras profundidades. Cuando por fin logró incorporarse, un rayo irrumpió ante la oscuridad del sendero. Pálido, con el corazón en un puño y el alma acongojada, pudo vislumbrar nítidamente la entrada al Pabellón que ya se encontraba a escasa distancia. Su intención era buscar al personal de seguridad que se encontraba de guardia y llevarlo con él. Debía salvar a Eugenia.

Una vez en el interior del Hospital, Pedro atravesó el pasillo. Allí todo estaba en calma. Todos dormían.

—¡Mejor!— le dijo una de las voces.

—¡Cállate de una maldita vez!— contestó Pedro — ¡Sé bien lo que tengo que hacer!

Su cabeza estaba llena de comentarios, pero Pedro los apartó. Tenía que ser fuerte, porque esas voces no hacían más que confundirlo. Lo querían dirigir, pero él era quien tomaría el mando ahora.

*****

VIII

Guiada por suposiciones y el rumor de las voces que pareció compartirle Pedro en su cabeza, Eugenia continuó avanzando por aquel oscuro túnel.

Creía ver manuscritos y pergaminos que se encontraban desplegados sobre una inmensa piedra. La enfermera pensó que podría tratarse de una pira ceremonial, ya que a su alrededor pudo vislumbrar unos cirios apagados.

Lo fue que incapaz de notar la mujer era que, lejos de haber pergaminos, lo que veía allí no eran más que pilas de diarios viejos que alguien había almacenado, quizás para venderlos o reciclarlos. Para ella formaban parte de un mundo paralelo totalmente irreal que la había sacado de la realidad.

Una súbita idea invadió su mente, dejando lugar a dos conjeturas. Por un lado era posible que María y

Lucas hubieran sido asesinados cuando trataban de escapar mientras los perseguían, o bien podrían haber sido llevados allí para inmolarlos, enterrando luego sus cuerpos en el jardín junto al abedul. Cualquiera de esas dos hipótesis era posible para ella, pero eso sólo era posible en su torcido razonamiento.

En medio de aquella oscuridad, Eugenia creyó ver unos cráneos envueltos en unos trapos harapientos a un costado de una de las paredes del túnel. No podía tomar conciencia de que se trataba en realidad de envoltorios con ropas en desuso.

Horrorizada ante el perturbador hallazgo, la mujer no pudo evitar preguntarse quién habría cometido esos actos aberrantes. Pensó en la clase de ritos subterráneos que se habrían llevado a cabo, tal como sucedía en los principios de la Humanidad cuando, con total naturalidad, se realizaban sacrificios humanos, con el único objetivo de demostrar la adoración que se tenía por los dioses ancestrales.

La enfermera, tan dedicada, servicial y cuerda, experimentaba lo que tantos de sus pacientes vivían a diario. Estaba consumida por la irrealidad. La Eugenia que amaba a María y que hasta hace poco era una excelente profesional, se había perdido en aquel túnel, pero no en ese que se encontraba bajo la tierra, sino en el de su mente. Ya no había vuelta atrás, había avanzado demasiado.

Alumbró las paredes con la poca luz que emitía su teléfono móvil. Grandes manchas de humedad se convertían para ella en dibujos y escenas extrañas de líneas imprecisas. Parecía como si las hubiesen realizado con apuro. Tal vez, pensó Eugenia, algún interno había querido reflejar las instancias previas a su muerte. Otra hipótesis se instaló con firmeza. Era probable que hubieran sido realizadas por algún paciente desesperado o podrían haber realizado esos dibujos las personas que llevaban a cabo las ejecuciones. De hecho, así lo hacían los sacerdotes arcaicos sumidos en éxtasis total como consecuencia de las drogas alucinógenas que consumían para realizar sus ofrendas a los dioses.

La enfermera observó en detalle que algunas de las figuras esgrafiadas daban ciertos reflejos. ¿De qué se trataba? Debía averiguarlo de inmediato, ya no había tiempo para seguir indagando, además. se había prometido que una vez fuera de allí jamás volvería a entrar. Se acercó a la rústica superficie, pasando la yema de sus dedos por el dibujo que se iba borrando al contacto.

Notó además que en la pared había incrustados trozos irregulares de vidrios cuyas puntas anormales y filosas sobresalían a modo de advertencia. Sus fosas nasales fueron invadidas por un aroma que reconoció de inmediato. Formaldehído, un perfume que le hacía dar un vuelco a su estómago. Ese inconfundible perfume trajo de inmediato a su memoria un seminario al que el Director del Hospital había invitado a todas las enfermeras del pabellón Oeste.

Ella y sus compañeras habían tenido que asistir por obligación, ya que el Doctor Quinteros, ahora Director del Hospital Regional, les había entregado la invitación y las identificaciones para asistir de una manera tan insistente que había sido imposible una negativa.

La intensidad del olor que invadía sus fosas nasales le indicaba que había sido utilizado hacía poco. La asaltó la idea de que probablemente hubieran utilizado formol para conservar órganos.

El olor era real. De pronto Eugenia recordó que hacía unos años, cuando el director Quinteros iniciaba sus actividades, había hecho realidad su hobby de embalsamador utilizando un pequeño laboratorio vacío del Pabellón Oeste como centro de esas experiencias. Con el correr del tiempo y el aumento de sus responsabilidades como Director, postergó estas actividades. Era probable que los empleados hubieran almacenado allí todos los instrumentos que utilizaba para estas operaciones, esperando que el doctor en algún momento las retirara.

Varias piezas estaban allí depositadas en estanterías. Conejos, zorros y hasta algunos carpinchos, pero nada de lo que Eugenia imaginaba. La mujer se fue internando cada vez más entre ese corto túnel que unía el edificio del Hospital con la pequeña Capilla.

A medida que avanzaba se vio rodeada de profundas sombras que se espesaban. Al llegar al fondo del túnel divisó un arco en la pared. Eugenia traspasó la arcada, que no era más que una entrada al Pabellón Oeste.

A estas alturas las voces que escuchaba Pedro, también la acompañaban. Se habían instalado en su cerebro y golpeaban con sus gritos las paredes de su cráneo. Las voces le recriminaban el hecho de haber dejado solo a Pedro. ¿Qué sería de él? La enfermera luchaba por no escucharlas, pero le resultaba imposible. Éstas retumbaban en su cabeza como un martillo mecánico.

Al llegar a la escalera metálica al final del túnel, la enfermera hizo un esfuerzo enorme por subir cada peldaño. No veía la salida al exterior, y al llegar al final del tramo la oscuridad reinaba, salvo por unos finos hilos de luz que se filtraban por lo que parecían ser unas pequeñas grietas en la tabla de madera que oficiaba de puerta del túnel. Eugenia empujó el tablón de madera con toda la fuerza que brotaba de sus entrañas. Al tercer intento lo logró y la madera se deslizó hacía un costado.

Se desplomó sobre el piso de cemento y permaneció allí por un rato. Pasados unos veinte minutos, a pesar de que le costó incorporarse, lo logró. Su rostro ya no mostraba el sereno semblante que la caracterizaba.

Tenía los ojos desorbitados, con una expresión muy parecida a cualquiera de los internos. Incluso su ropa, que había sufrido los avatares del singular recorrido, estaba desgarrada y sucia, al igual que su cuerpo entero.

El pasillo del Pabellón estaba desierto. Sus paredes estaban completamente cubiertas de azulejos blancos y en el piso relucían flamantes cerámicos, de los cuales no pudo precisar el color. Nada se escuchaba desde afuera, ni aun el sonido de los truenos en la feroz tormenta.

En el Pabellón tampoco había luz, por lo que otra vez se ayudó con la luz de su móvil para avanzar. Necesitaba encontrar ayuda de inmediato. La enfermera creía que los autores de los crímenes sabían lo que ella había descubierto y habían cortado la luz del Hospital con el objeto de atraparla con mayor facilidad.

Lo cierto es que la única responsable de la falta de luz era la tormenta, pero para Eugenia eso estaba lejos de ser una noticia verdadera. Una súbita sorpresa hizo que su cuerpo se tambaleara. En medio del pasillo advirtió la presencia de una camilla de acero inoxidable. Eugenia sabía que se trataba de ese metal, no sólo por el brillo que reflejaba al ser iluminado por la escasa luz que poseía, sino porque ella había visto una semejante en una sala esterilizada y que sólo era utilizada por el Director en su hobby de embalsamador. Pero eso era algo que la enfermera desconocía, pues jamás se había atrevido a preguntarle para qué era utilizada y ahora tampoco quería saberlo.

Llamó su atención una caja de madera cerrada que estaba al lado de la camilla. Se acercó lentamente. Su primer impulso fue abrir la caja, pero las voces le imploraban que no lo hiciera. Eugenia intentó explicarles que si realmente deseaba terminar con esa locura y descubrir la verdad, era necesario hacerlo.

La mujer se estiró y abrió la caja sin dificultad alguna. En su interior había cráneos, aunque estos no estaban envueltos en telas, sino que habían sido dispuestos prolijamente uno a continuación del otro. Habían sido meticulosamente acomodados. En unos frascos había una grotesca colección de ojos embalsamados que parecían observarla.

—Se trata de un sueño. — se dijo — Esto no puede estar sucediendo.

Caminó hacia atrás, como si quisiera retroceder desde la huella de cada paso que había dado, pero su intento se vio interrumpido por algo o alguien. Sintió que algo helado la rozaba. Quedó paralizada en medio del pasillo. No podía reaccionar, y comenzó nuevamente a oír las voces en su cabeza. ¿Provenían de algún cráneo o de todos esos cráneos que había encontrado en la caja?

Ya nada importaba. Las voces habían materializado sus gritos. Comenzó a correr hasta que su cuerpo impactó contra alguien, parecía un cuerpo de mujer. Eugenia gritó. Mientras tanto las voces seguían acechándola, le preguntaban quién era y si era la responsable de esos brutales acontecimientos.

La mujer no contestó nada. Eugenia no se daba cuenta, y continuaba hablándole en su confusión como si la figura la entendiese. Lo que estaba pasando realmente era que esa mujer que ella creyó haber visto era un viejo maniquí que se había utilizado pocos años atrás, cuando en Pabellón Oeste habían implantado un taller de costura como terapia ocupacional para los internos.

Eugenia no podía dejar de mirar los ojos de la supuesta mujer. Eran perfectos, de un color azul intenso. La enfermera concentró toda su atención en ellos, los dos discos azules la miraban desde la nada pero, a diferencia del inerte cuerpo, tenían vida.

En cuestión de segundos los ojos tomaron un enorme tamaño, descartando la posibilidad de que fueran de una categoría corriente. Su brillo cegaba a la mujer, hiriendo con su brillo la retina de Eugenia, crecían y crecían, convirtiéndose en dos lunas azules. Eugenia las contemplaba fascinada.

Ante tanta belleza, las voces habían enmudecido. Todos sus sentidos habían sido absorbidos por esos círculos que parecían desprenderse del rostro y adquirir cuerpo.

El cerebro de la enfermera estaba cruzando ese límite al que tantas veces había temido y se iba debilitando, al igual que las voces. Ellas eran ya un susurro alojado en sus oídos, y se asemejaba al siseo de abejorros. No podía apartar su mirada de aquellos ojos. Realmente no deseaba dejar de hacerlo, ya que nunca había sentido tales sensaciones.

Un ir y venir de imágenes se cruzaban en su mente. María, Lucas, el Director, ella. Extrañas ecuaciones matemáticas imposibles de descifrar se propagaban entre las representaciones. Parecía como si algo la arrancara de este tiempo para arrastrarla hacia el infinito.

Sentía en su cuerpo algo así como millones de alfileres que se incrustaban a la vez recorriendo cada una de sus extremidades. Un agudo dolor físico la dobló, quebrándola. Era doloroso y fascinante a la vez.

Una de las voces le ordenó:

—¡No mires! ¡No lo hagas!

En el ambiente reinaba un estado sobrenatural e hipnótico. A Eugenia no le incomodaba el dolor, muy por el contrario, se sentía abrazada por él. Se encontraba en un estado de placer extremo. De esta manera no notó que estaba cayendo. Un cálido fuego inundaba su sangre. Sus sienes latían.

¿Qué era la realidad? Ya no lo sabía. Había traspasado todos los límites entre lo posible y lo irreal. El pasillo había sido cubierto por la intensa luz celeste que provenía de los ojos de ese oscuro maniquí. Aquel resplandor era capaz de anular los sentidos y la capacidad de reacción de la enfermera, haciéndola olvidar su propio cuerpo y su cerebro, para terminar perdiéndose en ese éxtasis azul que la colmaba y que, a la vez, la llenaba de dolor.

Eugenia deseaba ahogarse en ese océano resplandeciente. Estaba totalmente confundida. Sintió una fuerza que no provenía de ella y que la empujaba hacia el cuerpo del maniquí. Parecía como si esa extraña fuerza exterior deseara que se fundiera con aquel cuerpo inerte, en ese frío amasijo que pretendía parecer humano, para luego otorgarle la más absoluta libertad.

Eugenia despertó sobresaltada. Comprendió que se había desmayado. Se encontraba sobre el frío piso de bancos mosaicos que cubría el pasillo del pabellón Oeste. Oyó una exclamación y el sonido apagado parecido al que se produce cuando chocan dos cuerpos. Con los brazos extendidos a los costados, su cuerpo formaba una cruz que fue modificando, cuando separó sus piernas y comenzó a incorporarse.

El hospital permanecía a oscuras y el silencio era tan intenso, que rogó a las voces dar algún indicio de que aún estuviera con vida, pero nadie contestó.

Pedro llegó a una de las garitas de vigilancia, empapado y confuso. No pudo expresarse con palabras, pero le hizo comprender al guardia que algo terrible había sucedido. El guardia rápidamente comenzó a seguir al muchacho mientras se comunicaba con el resto del personal de vigilancia a fin de alertarlos.

Emprendieron el recorrido. El primero en ser encontrado fue el Director. Había golpeado su cabeza con el borde de un cantero que se encontraba en el lado izquierdo del sendero que llevaba a la Capilla cuando forcejeó para llevar a Eugenia adentro. Dos de los guardias lo llevaron al Pabellón Este para que recibiera la atención médica requerida.

El resto del grupo siguió a Pedro, quien iba indicando el camino a la entrada del túnel que había descubierto la enfermera. Después de atravesar el corto trayecto que unía la Capilla con el Pabellón Oeste, en uno de los pasillos encontraron a Eugenia en un estado catatónico. La enfermera también fue trasladada al Ala Este del Hospital para ser atendida.

El Hospital Regional veía reverdecer otra primavera. Los brotes y los aromas del jardín parecían más intensos ese año. Nuevos internos deambulaban por los pasillos del Pabellón Oeste mezclándose con otros que llevaban años allí. Una figura delgada hablaba sola en un tono bajo y afable. Por los gestos que hacía con sus manos, parecía enseñarle a alguien el camino a su habitación.

En el sendero de piedras rojas que atravesaba el jardín y concluía en la Capilla sólo se vislumbraba una silueta que se recortaba sobre el verdor del paisaje.

Cristina, una de las enfermeras que había trabajado desde el comienzo en el Pabellón Oeste, siguió a la paciente. Su mirada se alargó, perdiéndose en Eugenia. Recordó los días en los que habían compartido responsabilidades. Eugenia había sido una excelente profesional. En la mano de Cristina temblaron dos píldoras rosadas. Era la medicación de las siete de la tarde que le habían indicado hacía unos meses.

—Tus pastillas, Eugenia. — le dijo Cristina con tristeza.

—Si, tía Rita, ya las tomo. — contestó la interna. Cristina sabía que Eugenia ya se había convertido en uno de esos internos que permanecerían allí de por vida y para siempre.

Desde su despacho, en la planta alta del Pabellón Oeste, el Director miraba la escena, preguntándose sobre los misterios de la mente. Había tomado el compromiso de cuidar a Eugenia y, aunque sabía que era difícil quitarla de ese extraño universo que había decidido habitar, estaba seguro que con el tiempo y el tratamiento adecuado, podría mejorar.

*****

Más Libros de Interés

El Candelabro

En esta novela de misterio y suspenso, Pedro, un vagabundo de unos 35 años, deambula por la ciudad.
Pero, ¿Cómo llegó allí? ¿Es cierto todo lo que se dice de él? ¿Qué fue lo que verdaderamente le sucedió a toda su familia? ¿Por qué esa obsesión con ese antiguo candelabro de bronce?
Si estás buscando una historia de suspenso corta que no puedas dejar de leer, entonces este libro es para ti!

El Parque del Horror

En esta novela de misterio y suspenso.

El verano del año 1963 en las afueras del pueblo, comenzó a construirse un parque de diversiones con atracciones mecánicas.

Un día como tantos otros se produce la tragedia: ¿Qué fue lo que realmente sucedió en ese parque? ¿Qué vio Jano, uno de los niños, esa tarde? ¿Quién era el maquinista que dirigía la atracción?

El Grito

En esta novela de misterio y suspenso, Julio, principal protagonista, es un estudiante universitario.

La historia da comienzo en una cafetería en la que Julio comienza a escuchar una voz que pide auxilio desde el fondo del recinto.

Historias Reales de Misterio

¿Cuáles son los misterios que rodean la vieja torre de Londres?

¿Quién fue El monstruo de Gloucester?

¿Cuáles son los secretos que esconde la casa matusita en Perú?

Éstos y otros misterios están detallados en este libro que no solamente reúne extraños incidentes ocurridos en el mundo entero, sino también aquellos poco conocidos por gente común que cuenta lo que ha vivido.